하얀시간

미래시선 134

하얀시간

· 지은 이 | 조봉제
· 펴낸 이 | 임종대
· 펴낸 곳 | 미래문화사

· 찍은 날 | 2004년 8월 29일
· 펴낸 날 | 2004년 9월 1일

· 등록 번호 | 제3-44호
· 등록 일자 | 1976년 10월 19일
· 주소 | 서울시 용산구 효창동 5-421
· 전화 | 715-4507 / 713-6647
· 팩시밀리 | 713-4805

· Homepage | www.mrbooks.co.kr
· E-mail | miraebooks@korea.com
          mirae715@hanmail.net

ⓒ 2004, 미래문화사
· ISBN | 89-7299-285-2 03810

· 정가 | 7,000원

* 잘못 만들어진 책은 본사나 서점에서 바꾸어 드립니다.
* 저자와 협의하여 인지는 생략합니다.

하얀시간

심원 조봉제 시집

미래시선 134

미래문화사

삶에서 시간은 누구에게나
맑은 물, 맑은 바람처럼 순수흐름으로 지나간다.
그것은 청결하고 순백하여,
눈길이 아니더라도 하얀시간이라고 말하고 싶다.
내가 있음으로 해서
모두와 더불어 살아가면서 겪는
일체의 경험은 절대자유의 향유에서
자연선택으로 이어지는 끝없는 몸부림이다.
절대자유의 감성 흐름만이
Love you & Thank you 로 공명하면서
또다시 하얀 길로 이어진다.

2004년 5월
심원 조봉제

심원心園 조봉제의 시집 상재上梓에 부쳐

심원은 1943년, 경남 함안의 바람 부는 들녘에서 태어났다. 그래서 그런지 그는 바람과 친숙해서 바람이 불면 가만히 앉아 있지 못하고 머리카락 휘날리며 휘젓고 다닌다. 한마디로 〈바람신〉이 들린 〈조용한 바람사람〉이다.

그는 바람처럼 어떤 흔적을 남기기를 싫어한다.

그의 아호 심원心園에서 보듯이 철저한 무소유 정신으로 한 평의 땅, 한 평의 집도 소유하지 않았다. 땅은 모든 생명 있는 것들의 공유公有 터전이므로, 사랑하되 소유하지 않고, 늘상 꽃 피고 새 우는 울타리 없는 마음의 정원만을 가꾸고 산다는 것이 그의 철학이다. 그래서 그는 햇빛, 바람, 물, 흙, 그리고 모든 생명 있는 것들에게 애정과 사랑, 감사를 보내며 산다.

그는 1989년부터 병환으로 생사의 기로에 놓여 있는 자기 아내를 위하여 1,000일 동안 지극정성을 드리고, 21일의 금식기도를 함으로써 하늘과 천지신명의 마음을 움직여 그 목숨을 구하기도 했다.

그는 일찍이 진주경상대학 농학부를 졸업했다. 그래서 인지 그야말로 농부가 농사를 짓듯 온몸으로 마음밭을 가꾸어 쓰는 그의 시는 우리를 무위자연無爲自然의 세계로 인도한다.

63년에 《용설란》, 64년에 《무변》이라는 시집을 냈으나 맨몸으로 가출하면서 모두 바람에 날려보냈다고 한다.

이제 오랜 세월의 뒤끝에서 다시 시집을 낸다하니 옆에서 지켜보는 사람도 감회가 깊고, 흐뭇하다.

문운文運을 빈다.

2004년 8월

시인 | 안 아 무

차례

2 · 하늘공원

4 · 산유가

비의 연가 · 5

1

하얀 시간

하얀 시간

하얀 시간을 걷는다.

적막 천지 간에
눈은 분분히 내리고
쌓이고
녹고

바람 부는 공간
엎드려 말이 없는 생명들과
절대자유의
시간을 갖는다

이 순간, 순수감성의
절대가치는
하얀 영원의 길로 이어진다.

물처럼 바람처럼

물처럼
바람처럼

물길은 돌아돌아
바람길은 넘어넘어

소리 없이 냄새 없이
빛깔 없이 맛없이

밝은 순수 부드러운 감성
흘러흘러 오고가고

물은 바람 아래서
바람은 물 위에서
따뜻하게
서늘하게

빈자리 마른자리
스며들고 찾아들고

물은 바람처럼
바람은 물처럼

속없이
쓸개 없이
피도 되고 숨도 되고

마음의 정원 · 1

마음의 정원을
은하계에서 내려다보면
반짝이는 푸른 물방울.
풀밭에 누워 하늘을 보면
은하의 긴 강물 유유히 흐른다.

아침, 둥근 빛살로 부서지는
새들의 지저귐
Green & Blue
안개 피어 오르면
White & Red

풀잎과 더불어 두 손 모으면
Kinfolks
해가 지면 생명들은
저마다 사랑 등불을 켠다.

땅속에서나
땅 위에서나
하늘에서나
물속에서나
별을 사랑하는 이만이

들을 수 있는
사랑 노래.

마음의 정원에
오직 있다면 그것은
비와 바람과 햇빛이 내리고
별들이 낮게 들려 주는
흙과 생명의 노래
Love you & Thank you.

마음의 정원 · 2

마음의 정원에는
산과 들과 바다가 아우른
하늘을 닮은 잔디광장이 있다

시인, 농부, 하늘, 땅
자연스럽게 어우러져 사는
휴식공간이 있다

거기엔 언제나 새가 날고
사랑과 평화가 숨쉰다

숲 속의 새소리
계곡을 흐르는 물소리
잔잔한 물결은 음악이 되고
흐르는 구름장은 악보.

마음의 정원에는
키큰 노송이 한 그루
지휘봉을 잡고 있다.

마음의 정원 · 3

봄

마음의 봄 정원은
얼음장 밑 돌돌돌 은종소리에
산수유가 잠을 깬다

옥수수 도마도 오이 참외 고추 호박 상추 쑥갓
씨 뿌리지 않으면 거둘 수 없고
일하지 않으면 배고프다

들꽃은 저 혼자 피어 있어도 조화로워
성급해 꽃이 먼저 피는 놈
꽃과 잎이 같이 피는 놈
진달래 개나리 꽃다지 수선화
살구꽃 배꽃 복숭아꽃 사과꽃
산나물 들나물 화전놀이
종달새 노래에 봄빛이 익어간다.

여름

마음의 여름 정원은
개구리 장단에 열린다
작열하는 태양
푸르른 신록
머리에 겸손의 모자 쓰고
긴 인고의 밭고랑에서
땀에 배고 그을리는
황토빛 억센 농심들

보리밥 된장찌개 풋고추 생된장
상추쌈 쑥갓쌈에 솟는 농심
정오 햇살 천 근 눈꺼풀의 무게여.
뻐국 뻐국
그만 일어나라 뻐국 뻐국 뻐뻐국

서산에 해 기울면 서성이는 여름 정원
반딧불 하나 둘
바람등불 켜면
별들도 꽃등불을 단다
등불은 이내 은하수가 되고

시인과 농부는 모깃불 연기 타고
은하수 뱃놀이 간다

달빛에 젖어 촉촉한 풀벌레 소리
비늘이 넓어지는 물고기
자연은 그래서 자유롭다
자유로워서 사랑스럽고
사랑스러워서 향기롭고
향기로워서 가슴 펴고 큰 숨을 쉰다.

먼동이 트면
별들은 소등을 하고
기지개 켜는 짐승들
햇살 뻗으면 꿈같은 하루
참 아름다워라 자연스러움이여.

가을

마음의 가을 정원은
과원으로 떨어지는 맑은 햇살
아침 저녁 귀뚜라미
섭리를 읽는 소리로 시작된다

바람이 수목 사이 넘나들며 수분을 거두면
빛깔도 익어 풍요롭다

쌀 조 콩 수수 참깨 팥 녹두
사과 배 감 밤 대추 은행 포도
오곡백과냐 천곡만과냐
풍성하고 풍성하다

쌀쌀한 아침 저녁
왜가리 느린 날개짓 무거워지면
굼뜬 메뚜기도 애처롭고
잎새들 우수의 빛깔로 물들어
끝내 낯 붉히며 흐느끼기 시작한다

바람, 이내 나무들의 옷을 벗기고

침묵의 수행을 권유한다.
침묵은 적막을 낳고
적막은 고요를 낳고
고요는 맑음을 낳고
맑음은 높푸른 하늘처럼
아려서 서럽다.

마음의 정원, 가을은
순명하는 결실의 들녘이다
순진무구한 동심의 뜰안이다

바람을 안고
빛을 타고 떠나는
청자빛 하늘을 여는
우주의 통로다.

겨울

마음의 겨울 정원은
첫눈 내리는 소녀의 꿈.
묵언단식의 수행자.
오감을 닫고 내면의 자아를 찾아나서는
고행의 순례자 길이다.
바위도 나무도 풀뿌리도 강물도
선 채로 돌이 되어 구도의 빛을 찾는
침묵의 도장이다

밤이 깊어 지면 냉기도 깊어 지고
차거움이 깊어 지면 수행도 깊어 지고
수행이 깊어 질수록 맑고 푸른 하늘

눈이 내린다
내려서 쌓인다
추운 밤 대숲 대나무 몸통 터지는 소리
수행묵자들의 잠을 쫓는다
눈 내리는 소리가 유성 떨어지는 소리로
혈관 피 흐르는 소리가 시냇물 소리로 들린다

26

매운 고추바람은
명경지수 호수 수면을 조율하며
쩌렁쩌렁 불호령으로
졸음을 깨운다

마음의 정원에
일체 침묵의 수행이 끝나고
터지는 사랑의 함성
이 강산 들녘에
조용한 사랑 혁명이 일기 시작한다.
혁명의 깃빨은 녹색의 꿈
아지랑이로 펄럭인다.

나는 별빛을 사랑한다

나는 별빛을 사랑한다

죽음의 검은 하늘에서
살아서 반짝이는 별빛.
말로 떠도는 사랑이 아니라
침묵의 눈빛으로 대화하는 별빛

나는 별빛을 사랑한다.

향기가 질식한 문명의 한복판
그 안으로 흐르는 신선한 바람 같은 별빛
소녀의 눈동자 같은 영롱한 별빛
어머니의 미소같은 따사로운 별빛

나는 별빛을 사랑한다

하얀 병상에 소생의 눈물을 길어 붓는,
쫓기는 자에게 안식의 길 안내하는,
공포의 어린 목숨들에게 휴식을 주는
은은한 별빛을 사랑한다.

외길

한 길을 가더라도
매몰차게 갈 것을
뜻 있으면 길 있다 했거늘.

우리의 길은 틀이 없는 길
경북 문경 토암 선생은
아홉 살 때부터 오십팔 년을
조선 다완茶碗을 재현했는데
문경 찰흙을
함양 흙을
이천 흙을
상주 흙을
소나무 장작으로만 구워 냈는데
일본사람들은
일본 국보1호와 혼돈한나 하는구만

가다가 뒤돌아 보지 않은
문경 토암 선생의 길은
청자하늘로 난
틀 없는 외길.

대문

울도 없이
오뚝이 서 있는
대나무 사립문.

미래로 열고 들어 가는
질서의 통로.

바람과 텃새들
얄밉기도 하지만
문은 서 있어야 한다고
죽을 때까지
서 있어야 한다고.

천년학

옛날
날짐승이 살지 않았던 시절.
백두산 백합화는
지으신 하느님께
푸른 하늘을 날 수가 없다고.
날개가 없다고.

여러 밤 울어서
귀찮도록 울어서

네 소원대로 해봐라 했는데
날개 달고 날았네
하늘 높이 날았네

백두산 뻗은 정기
학으로 천년 살아
백합화 뿌리인 듯
외다리로 섰는데

땅의 기운
하늘 기운 두루 섞어
새천년의 꿈을 준비하는가.

산의 영혼은

가난한 생활로
사랑한 정열로
내 대신 살아 주는
아픔이 있어
진실로 애잔하다

사계의 고비마다
몸살을 앓아도
당연한 순리로
터득하는 성싶은데
그 마음은
아픈 것인가
쓰린 것인가

산을 넘는 바람
그 영혼의 춤과 노래를
더러는 본 것 같고
더러는 들은 것 같고.

나그네

발자국 소리가
낙엽 구르는 소리 같네요

두 눈에는 산과 들 푸른 초목
엷은 구름이 흐르네요

입가에는
기침소리 흘리며

강물에 달 띄워
먼 길을 가네요.

바람의 길

걷기도 하다가
뛰기도 하다가
날기도 하다가

바위산은 넘어가고
벌나비 잠든 숲에서는 쉬어 가고
강가에서는 물새울음 주으며 가고

땅길 굽이굽이
들꽃 핀 들녘 부채질도 하다가
땅에 기는 어린것 무등도 태워 주다가

하늘에서는 날 찾지마라
푸른 숨결 하얀 입김
서늘한 생각에는
그림자 없다.

너의 존재는

사과나무와 배나무 같은 유실수였다면
너는 영락없는 기업가.

전나무 소나무처럼 기골이 장대했다면
나라도 세우고 가문도 세웠을 것을.

고관대작도 아니고
이름도 없고
빛도 없고.

맑은 바람에 마음을 헹구고
별빛 달빛에 영혼을 다스리는

너는 무엇일꼬
너는 누구일꼬.

어떤 자유

오늘 하루 종달새 되어
공중 날아 노래 부른다

인적 드문 뚝길
강물 따라 노래 부른다

푸른 강물 넘실대는 들녘
흰구름 호랑나비

잃어버린 노랫말
엇비슷 중얼중얼
눈치 볼 사람
없다

오늘 하루는
바람으로 저녁 때우고
노을 따라 물 들어도 좋을
그런 자유가 있다.

내 마음의 꽃길은

내 마음의 꽃길은
황혼녘 꽃구름과
자운영 꽃향기

감로수 마신 별들
소나기로 쏟아져
이름 없는 들꽃이 되고

물과 흙과 바람은
딸기 수박 사과 익히고
벌 나비는 진종일 꿀을 따는
농심의 길

내 마음의 꽃길은
어린 열매 뒤에 숨어서
뿌리, 가지, 잎이 되어
햇살과 바람의 힘을 모으는 구도의 길
감성의 음악 꽃피는 심원의 길.

비둘기의 꿈

얼마나 먼 길을 가야 하나
오늘은 대나무숲 속에서 밤을 샌다
살아서나 죽어서나
사랑과 평화의 이름으로

가슴팍 한 점 살코기 때문에
엽총을 들이대는 사람아

능욕의 질펀한 술판에서
살코기 씹는 너희는
가슴 졸이는 사랑과 평화 알 길 없다

날이 새면 날아야 할
하늘과 땅은 어디인가

새날 밝기 기다리며
자유의 꿈을 꾼다
평화의 꿈을 꾼다.

소유의 한계를 넘어서

태양이 누구의 것이드냐

태양 자신과 생명들의 것이지

달은 누구의 것이드냐

달 자신과 생명들의 것이지

바람은 누구의 것이드냐

바람 자신과 생명들의 것이지

물은 누구의 것이드냐

물 자신과 생명들의 것이지

삶은 무엇이드냐

나 자신과 생명들의 것이지.

바람이 지키는 정원

울 없는 내 마음의 정원에는
제일 먼저 바람이 찾아 온다

대문을 여는 까치의 지저귐
땅속에는 스물스물 토양 미생물
땅 위에는 윙윙대는 곤충들
뛰고 나는 짐승들
이들은 품삯 없는 일꾼들이다
인간이 아닌 자연의 손으로
키우고 거두는 일이다

자율 굴레 허용하는 데까지
살아라.
자라라.
웃어라

단 한 가지의 규칙은
Love you & Thank you.

달빛 속을 걸으며

달빛 속을 걷는다
흠뻑 젖어 걷는다.

입고 또 껴입었던
법, 계율, 교리, 사상, 윤리, 도덕의
무겁고 검은 옷 훌렁 벗고
감성의 맑은 날개 옷
내 영혼에 입힌다

강물에 노 젓듯
휘휘
달빛 저으며
걷고 또 걸었다.

해 뜨는 언덕에 닿아서는
닭똥같은 눈물이 솟았다
용암보다 더 뜨거운 눈물이 솟았다.

여행

첫 번째 눈을 떴을 때
바람부는 함안의 푸른 들판
하늘에는 별들이 지천으로 떠 있었다
황혼이 지면
장미빛 노을
눈 내리는 들녘에는
기러기 떼지어 보리밭에 앉았다.

두 번째 눈을 떴을 때
진주 남강 촉석루
달빛 아래 모래사장 휘감는
맑고 긴 강물 굽이쳤다.
어버이 품 벗어나
하느님 애기
사랑 애기
별밤 애기
잠이 오지 않았다.

세 번째 눈을 떴을 때
조국 우주 봉사 헌신 나눔
지구를 돌고 돌고
배부른 날은 기억에도 남지 않고

네 번째 눈을 떴을 때
강물이 바다로 스러지는 한강 하류
하늘과 땅 사이에는 바람만 불었다
산에 오르면 한 마리 사슴
바다에서는 한 마리 고래
하늘에서는 한 마리 단청학

다섯 번째 눈을 떴을 때
그 날은 우주 여행 중
내 시선은 항성에 부딪쳐
다시 내 마음으로 돌아 와
그 깊은 속을 보았다
내 내면의 우주.

여섯 번째 눈을 떴을 때
그 날은 내 마음이
바람 부는 산정에 앉아
바람의 아들처럼
바람소리 듣고 또 들었다
Love you & Thank you

일곱 번 째 눈을 뜰

그 날은 언제쯤일까
그 곳은 어디일까
Love you & Thank you.

밤마다 죽고

밤마다 죽고
아침이면 태어난다

아버지의 아들로 죽고
조국의 청년으로 태어난다

아내의 남편으로 죽고
여인의 친구로 태어난다

무거운 세포는 밤마다 죽고
가벼운 영혼은 날마다 깨어난다

날카로운 이성은 서서히 죽어가고
순수감성은 새록새록 살아난다.

침묵의 흐름

나는 내 존재로부터 안다

말로 법을 정하는 자
그 자가 제일 먼저 법을 어기고
그 법대로 정죄하는 자
필연코 그 법에
정죄당하는 것도 안다

더러는 침묵이 황금이라지만.

황금이 만능의 힘을 가지니, 아서라
침묵은 바람처럼 외돌면서, 다만
빛의 진동으로 나타날 뿐이다.

강가에 앉아

강가로 가자
노을이 물드는 강가로 가자
바람 부는 언덕에 앉아
침묵으로 흐르는 물길을 보자

문득, 뒤 돌아보면
무지개빛 젊은 날
꿈보다 먼저
강으로 나가는 돛배

바람은 숲으로 스며들고
강물은 포도주로 붉게 익는데
별들은 잔을 들고 강물로 뛰어든다

강가에 앉아
하늘이 달을 부르면
우리 함께 포도주에 취해
흐르는 물속의 별이나 되자.

인디언처럼

나는 아메리카의 인디언처럼
강바람의 부드러운 감촉과
물냄새를 좋아한다

바람에 서걱대는 잎새소리와
곤충들의 날개소리를 좋아한다
〈고산을 달리는 천둥〉이라는 추장과
그 이름을 좋아한다

철따라 열매를 익히는 햇살
산짐승들의 마을이 되어 주는 숲
그 숲을 사랑하는 인디언을 좋아한다

조상들이 묻혀있는
대지는 어머니의 품.
모든 세상은 하나요
땅을 사랑하는 것이
나를 사랑하는 것이라는 인디언,
나는 그 맨발의 삶을 좋아한다.

굴렁쇠

시작도 없는 것이
끝도 없는 것이

제 부모는 필시
어둠도 삼키고
밝음도 삼킨

앞으로 구르는 이승
뒤로 밀려나는 저승

무엇을 먹었는지
무엇을 키우는지
가슴과 배는 언제나
텅 빈 충만

지금도
바람 안고
돈다.

자유의 종

저 멀리 수평선 너머에서
남실남실 까풀까풀
머리 풀고 달려 오는 파도야 민초야

양팔로 물결 저으며
가슴앓이 하다가
먹구름 하늘에
삿대질 하다가

막숨 몰아 와서는
거센 물머리 박이 터져
흰 피 쏟는 사연이 무어냐

저 멀리 시간의 저편에서
출렁출렁 키들키들
풍각쟁이 옷자락으로 펄럭이는
파도야 파도야
자유의 종 울리는
파도야 파도야.

소낙비로 내리다

하늘에서 떨어지는
장대 물방울
구름에 실렸다가
낙하산 부대처럼
소낙비로 내린다

어금니 다물고
바람 소리 듣는다
죽음의 공포도 섞여 있다.

햇살이 닿아
칠색 무지개로 휘어지면
칠음계 음판이 울어
우주와 공명한다.

땅에는
생명의 낮은 모음
감사와 사랑의 음율로 부서진다.

빗속의 남자

어느 날은
꽃비 지천으로 날리는 벚나무 숲에서
누군가 만날 것 같은 예감에
가슴 열고 무작정 기다렸지.

어느 날은
함박눈 쏟아지는 벌판 쉼없이 달려
내 울음을 받아 줄 사람 찾아도
그 사람 거기에 없었지

어느 날은
삿갓도 없이 비를 맞으며
깊은 계곡을 호랑이로 어슬렁 거리다가
총을 든 힘센 포수라도 만났으면 했지

꽃비든
눈비든
빗물이 눈물 되고
눈물이 핏물 되고

천년 고목
천년 눈비

맞아도 좋을
그런 길을 걷고 싶었지.

거울나무

나는 보았다
웅성거리는 저잣거리에서
큰 산에서나 봄직한
잘 자란 나무 한 그루

나는 알 수 있었다
입추의 바람결이
날 흔들어 깨운 이유를
어서 일어나라고
한사코 일어 나라고

나는 알았다.
매달린 잎잎이
하늘강 비치는 녹색 거울임을

겨울 강가
하늘이 가꾼 정원 어디에서
시를 낚는 청년 만나리라고
꼭 만나리라고

바람 불어
잎새 거울거울 번득일 때마다

아련한 하늘강 물소리 들린다
안단테 첼로음이 들린다

저잣거리에서 본
한 큰 거울나무에서.

노인들의 울음은

노인들의 울음은 하늘을 보고 운다
북두칠성 뒷켠쯤에서
눈물이 오는가 보다

오다가 바람에 말라
우리들 앞산 쯤에서
어으 어으
산신령 울음소리를 낸다

동구밖 근처에 와서
중얼거리는 소리
혼령을 달래어 하늘로 돌려 보내는가
어으! 어으!
어으! 어으!

기러기같이

할아버지 아끼시던 여덟 폭 병풍
기러기 기러기 하다가
동지섣달 긴 달밤 울며 날던
기러기 기러기 하다가
한평생 동지섣달 기러기같이
찬서리 귓가에 묻히고
가슴에 얼음알 가득 담은 채
달도 없는 밤하늘을
기러기같이 기러기같이
줄지어 울며울며
날아 날아간다.

들길을 걸으면

들 길을 걸으면
하늘이 하는 일과
사람이 하는 일이 따로따로 보인다

하늘은 부비며 기대며 서로 돕고 살고
사람은 꺾고 베며 서로 해치며 산다

하늘은 베풀고 나누며 푼수만큼 살고
사람은 훔치고 빼앗고 욕심만큼 산다

하늘은 바보처럼
돈 안 되는 미물까지 기르며 울 없이 살고
사람은 영악하여
돈 잘되는 경제 생물만 기르며 울 안에서 산다

사람들은 하늘을
어리석다 흉보면서
하늘도 해치고
사람도 해치고
고개 쳐들고 빳빳이 산다

어떤 진실

마음이 지쳐 비틀거릴 때
인디언처럼 땅바닥에 엎드려
대지로의 사랑을 받고 싶었다.

세상이 혼란스러워 현기증이 일 때
십자가의 예수님처럼
처절히 피를 흘리고 싶었다

이집저집 문전걸식 할 때
사자에게 잡힌 새끼 사슴의 죽음을 생각했다

병원의 환자들 눈빛 속에서
죽음을 두려워하는 진실을 보았다.
환자는 나였다.

내가 찾는 하늘은 진정 거기 없는데
왜 하늘공원이라 부르나

사람은 숨어서 철저히 하늘을 죽이고
하늘은 숨어서 철저히 사람을 살리는

하늘공원에는 확실히 하늘이 있었다

2

하늘공원

하늘공원[*]

하늘공원에는
사람들이 찾는 하늘은 없었다.

인간들이 버린 오물더미 난지도.
겉치레 비단옷
이름 좋게 하늘공원

사람들은 숨어서
철저히 하늘을 죽이고 있었다

초라한 문 앞의 신발을 보니
해와 달 별과 바람이 모여 사는가
들꽃들도 모여 왔구만
들새들도 모여 왔구만

그동안
하늘은 숨어서
철저히 사람을 살리는
하늘공원에는
하늘이 열리고 있었다.

* 하늘공원 : 난지도 쓰레기장에 새로 생긴 공원 이름.

새해 아침

역사의 긴 꼬리 접고
섣달 그믐해가 서산에 질 때

바람은 지친 몸짓으로
잠이 들었습니다.

달동네 벌집
저마다 등불을 켜고
허겁지겁 살아온 세월을 셉니다.
밤새도록 꿈의 씨앗을 고릅니다

새 역사의 둥근 해가 솟습니다
결 고운 새로운 시간이 퍼집니다.

이제 지난 밤 골랐던
꿈을 파종해야 합니다.
손에 손잡고 흙으로 덮어야 합니다
새꿈을 싹틔워야 합니다.

생일밥

아내가 차려 준
오곡 밥상
포도주 빚이다

내 나이 수치만큼
여기저기 낮 붉힌 팥, 콩, 수수, 조.
오늘, 백사장 어귀에 피는 동백꽃
저는 왜 따라 피었나

부서지는 파도 울음 같이
걸려 우는 바람 울음 같이
이도 저도 많이 울었나 보다.

내 걸어 온 시간처럼
내 헤쳐온 역정처럼
한 사람의 저녁 노을을 본다.

붕어빵

비늘도 없는 것이
뼈대도 없는 것이
뱃속은 어이 달더냐
가슴까지 따뜻하니 별일이로고

물속 헤엄치다
가슴이 더워서
바람 찬 거리로 나왔느냐.

요즘 세상에 어느 놈이
머리 베이고 몸통까지 바치더냐

길거리 어르신네들
고기반찬 먹었다고
큰소리라도
쳐보게 할 양이더냐

주둥이부터 통째로 먹으니
통 큰 생각 나올 법도 하다.

일상으로 돌아 와

오랜 세월을
신이 되려고 애썼구나
걸핏하면 세계요
걸핏하면 우주요, 천주, 진리.

이제 다시 일상
편한 사람으로 돌아 와
정이나 나누며 살자.

사립문 열어 놓고
동네사람 안부도 묻고
이웃집 손자
이름도 불러보고

겨울잠 자다 깬
사람 처음 보는 새끼곰
굼뜬 눈망울처럼
숙맥이고 싶다.

기지개

기가 막혀
기지개를 켜느냐
숨통이 막혀
기지개를 켜느냐

걸프전으로 터지는
끝 모를 전쟁
풀린 힘의 오만
바그다드 함락 때
또 흔드는가베

아파도 나 혼자 아플 수 없는
생명의 굴레

죽도록 몸살하는
이웃 먼 나라 사람들까지
사랑으로 안자고
가슴 제쳐 두 팔을 뻗는다.

귀뚜라미 울음

아침, 맨손체조
하나 둘 셋 넷
어깨며 정강이에서
귀뚜라미 소리 들린다

언제부터 같이 살았나
계단을 오를 때
얼시구
계단을 내릴 때
절시구
삐걱삐걱 탈춤을 추잔다.

인생에 노래춤 장단 없으면
살맛이 나겠느냐
더러는 귀뚜라미 장단도 쳐야지.

사람에 대하여

약속을 하지 말아라
점점 노하여지기 때문에

기대하지 말아라
점점 슬퍼지기 때문에

욕하지 말아라
점점 비굴해지기 때문에

부탁하지 말아라
점점 허무해지기 때문에

사랑하지 말아라
점점 아파지기 때문에.

배우고 잃는 것

중동이 불탄다
정의를 위해서 싸운단다
성스러운 전쟁이란다

피흘리는 절규
포탄의 검은 연기
굶주림과 공포의 그림자 길다

풀 한 포기 없는 사막에서
무엇을 배우고 무엇을 잃는가

원한을 배우고
용서를 잃지 않는가
욕심을 배우고
사랑을 잃지 않는가
죽음을 배우고
희망을 잃지 않는가

삶마저 잃어버리면
인생은 무엇인가
나라는 무엇인가.

누이야

살아 가는 길에
똥차 하나 가로 막아
공부도 출세도
가던 길 포기하고 돌아 간 누이야

처음 출발 그 때는
똥차 아니었지만
험한 길 이리 저리 굴리다 보니
똥도 묻고 흙도 묻고
바람도 빠졌제

고된 삶 버리고
차라리 돌아 가
고향집 먼저 가서
부모님 품안에
꽃이 된 누이야

똥차 선 채로 두고
그냥 가거라
발걸음 가볍게
훠이훠이.

인연

내가 앞으로 가면 너는 뒤로 가고
내가 뒤로 가면 너는 앞으로 간다

내가 동편에 서면 너는 서편에 서고
내가 서편에 서면 너는 동편에 선다

한 몸에서 태어난 너와 나
어쩌면 그렇게
반대를 위한 반대이더냐

그래도 사랑으로 만나는 걸 보면
좋아서 조화가 아니라
조화로 좋아지는 건가

한마음으로 만나
용서 비는 손짓
손뼉 치는 축하
좋은 일 서로 돕고
아픔 닦아 주는
절대존재의 동행.

촛불

마음의 심지 돋워
촛불을 밝힌다

저 혼자 울어
떨어진 촛농이
얼음 언 폭포수 같다

시름 겨운 삶
술잔 속으로나 흐르면
한번 한숨으로
넘길 수 있으련만

삶이란 한 자루의 촛불.
저렇게 제 몸 태워 울고 나면
남은 세월을 어쩌나.

염원

한반도 삼만 리 길
실로 뽑아 손질하여

사랑의 베틀에 걸고
칠색 무지개 베를 짜서

헐벗은 백성 허리에
새옷 입혀 보고지고.

사는 법

뜻대로 먹고 생각하면서
내 몸을 스스로 창조해온 나

내 아이들이 크는 만큼
내 기쁨도 따라 크지만

내 영성이
세포의 공간에 들어와
자유와 사랑을 경험하는 것은
유한으로 무한으로 가는 여행

섰다가 넘어지고
섰다가 넘어지며
깊은 고뇌에 잠긴다

작업장에서

올해의 초겨울 바람은
순전히 돈바람이다
바람몰이 전문가도
바퀴벌레 신세다

스레이트
둘러 친 작업장에서
목 굵고 간 큰 이들의
억, 조, 돈뭉치 세는 소리 들릴 때

붕대 감은 근로자는
야간 잔업수당을 생각한다
땀 흘린 뒤 따는 열매만이
참된 내 것이라고
한밤의 냉기를 밀어낸다
억, 조의 찬 바람을 밀어낸다.

스키어들

설원은 은하수
가느다란 물줄기.

별들은
은빛 비단 풀면서 내리고

내려서는 다시 비누방울
콘도라에 오르네

오르고 내리고
쓰러지고 넘어지고.

그대들의 영혼은
바람의 아들처럼 자유롭고

그대들 사랑은
눈 속에서 피는 에델바이스.

나무

나무는
서럽도록 철저히
혼자 서야 하리.

바위 등 뒤
숨지 말고
정면으로 나와 서야 하리.

나무는 홀로 서서
숲이 아님을 알아야 하리.

우리들 잠깐

우리들 잠깐
국화꽃 뜨락에
밤별이 흘린
눈물을 모으자
바람의 향기를 안자

갈 길 멀어도
우리들 잠깐
날개 지친 새들에게
생명의 모이를 뿌리자
어머니 같은 둥지를
만들자

우리들 잠깐
너털웃음으로 가슴을 열고
국화주
딱 한 잔만 하자.

처방

이슬로 씻어서

바람에 말려라

달빛으로 씻어서

햇볕에 말려라

눈물로 씻어서

감성으로 말려라.

이슬로 씻어서

철부지

뉘가
내 속에서 사는가.

잊어버리고
떼어버리고
떠나는 길에
뉘가
내 속에서 사는가.

산으로 가자
들로 가자
바람을 쐬자
햇볕을 쬐자
달을 보자
별을 보자

칭얼대는 내 속의 뉘는
어디서 온 뉘이길래.

쑥국

춘분 무렵 쑥국 한 사발

내가 지구 곰탕을 먹었다

땅 길 수직 천리

바람 길 수평 만리

억조창생 다 모여 고았나

어이 이렇게

속이 시원한가

풋목숨의 풋내

Love you & Thank you.

아내의 얼굴

고결한 맵씨
인고忍苦의 그림자 깊이 드리우고

짧은 생애
병고의 긴 세월 겹치니

아,
낯빛에 어리는 심사
깊어 헬 길 없어라.

겨울 광덕산

산은 솟아 있어 그 위를 오르고
강은 깊어서 그 물을 건넌다

빈손 들고 서 있는 나무들 사이
나무들 끼리끼리
바위들 끼리끼리
오가는 사람 끼리끼리

광덕산 나무들의 침묵
그 영혼 안에서
흐르는 물소리
우짖는 새소리

가지 사이로 내리 꽂히는 햇살
꽃사슴 눈빛이 애잔하다.

다시 하루를 시작한다

산에 올라
산을 그리워 하면
산같이 생명을 품지 못하여 서럽고

바다에 나가
바다를 그리워 하면
바다같이 생명을 품지 못하여 외롭다

푸른 하늘에
구름을 그리워 하면
구름처럼 비 한 줄기 내리지 못하여 가슴 쓰리다

그래도
뛰는 가슴
받아들이는 하늘이 있어
힘찬 팔을 뻗는다
다시 하루를 시작한다.

입추에 우는 매미

늦팔월 매미 목쉰 울음
심청가를 불렀으랴
적벽가를 불렀으랴

땅 속 인고忍苦의 끝
긴 시간 서럽도록 눈부신 햇빛
한풀이 노래

이 세상은
울지 않고는 살 수 없어
소리 고운 거문고도 그랬지

울음이 웃음이 되고
웃음이 다시 울음이 되고

일장춘몽
시르롱 메롱
일장춘몽
시르롱 메롱.

황조롱이는

1
황조롱이는
황조롱이는
왜가리 떼죽음하던 지난 가을
금수강산도 이제 끝이라고 했다.

등 굽은 붕어가
펑크난 채 달리는 자동차같이
성산대교 밑을 헤엄치는 모습을 보고
초조해 서둘러 개화산 집으로 돌아왔다
매캐한 바람
거푸 나는 기침
별빛이 등불을 밝히니
사는 날까지 살아야지 뭐
잠을 청한다.

2
오늘은 아침부터
왠지 불안하다
눈 뜬 새끼들이 귀여운 4월
강서구청 포크레인이
개발이다, 쳐들어 간다

비켜라 연락 한 통 없이
둥지가 사라졌다
삼풍백화점처럼.

황조롱이는 울며 외친다
— 아이고 아이고
  내새끼 내놔라 내둥지 내놔라
  강서구청 네이놈들
  천연기념물 대접을 이렇게 하느냐
  네이놈 네이놈
  새끼는 또 알을 까면 된다지만
  이 강산이 남아 나겠느냐
  네놈들 말고 목숨들이 살아 남겠느냐
  강서구청 네이놈들!

관상용 보리

보리밭을 아느냐
황톳길 더운 눈물
곰배질 써레질
허기진 몸짓을 아느냐

어린자식 키우며
단내 나는 김매기
호미 들고 울던 고개
호랑이 고개보다 무섭고 겹나는
보릿고개 아느냐

울어매 먹고 싶던 참외 수박
보리 주면 왜 안 주나
내사내사 눈물보리
그 안 먹고 내 말지

국민소득 일만 달러
너는 아느냐
한강 고수부지 관상보리밭
구경하는 아이야.

그대 완두콩 같은 발가락으로
나의 어깨를 밟아줘요
허리며 다리며 살짝 살짝
시원한 느낌으로
간지러운 느낌으로

3

낙엽의 노래

낙엽의 노래

제1부

심원心園
저렇게 행복한 노래 소리를
들어 본 적이 있나요

심원心園
낙엽들의 소리 들으러
저기 저 산으로 갑시다
소나무, 자작나무, 상수리나무, 떡갈나무
단풍나무, 그리고, 그리고……
이들이 모여서 펼치는
늦가을 음악 캠프
밤마다 별들이 내려와 관람한다는
저기 저 숲 속으로 갑시다
세간의 모든 것 벗어 던지고
맨몸, 맨발로 걸어 갑시다

심원心園
저기 보세요
이제 막, 일부가 끝났나 봐요.
땀에 흠뻑 젖은 모습

등에 등을 기대고
얼굴에 얼굴을 묻고
저렇게 곤히 쉬는 숨소리 들어 보세요
이마에 엷은 김이
안개처럼 피어오르는
꿈의 필름 조각들

심원心園
저것 보세요
어머니의 얼굴 닮은 미소
치눕고 가로눕고 모로눕고 포개눕고
삶의 무게대로 제 누운 채
얌전히 팔짱을 낀
낙엽들의 마을이네요

심원心園
누가 부르나 봐요
"여보세요. 이리 오세요"
"나 말이예요?"
그대 완두콩 같은 발가락 끝으로
나의 등과 어깨를 좀 밟아줘요
허리며 다리며 살짝 살짝

시원한 느낌으로
간지러운 느낌으로

심원心園
나 어쩌나
고막이 터질 것 같아요
핏줄이 터질 것 같아요
호흡이 멈춰 버릴 것 같아요
뼈가 으스러져요.

　제2부

구름과 비를 소재로 한 위안의 테마
바람들의 여행을 담은 낭만의 테마
꽃과 벌나비를 소재로 한 허니문 테마
별빛 달빛을 소재로 한 월광 테마

　제3부

생을 찬미하는 이별의 시나위
시린 나무들의 발등을 덮고
솜이불로 눕는 운명의 대금산조

제4부

심원心園
나 어디 있어요
낙엽은 또 떨어져 어깨 머리에 앉네요
이 넓은 산의 낙엽바다 정령의 도시를
오늘 다 밟을 수가 있나요
황혼이 지네요
바람이 소소히 이네요
낙엽들은 다시 한 번 합창으로
황혼의 부르스를 부르며
한 잎 또 한 잎 마지막 잎새가 지네요

심원心園
돌부리가 희미해졌어요
손을 꼭 잡아주세요
떨고 있는 마음까지도 잡아주세요.

눈이 오는 날은

눈이 오는 날은
산에 올라
하늘의 메시지를 만나자
스모그 걷힌 하늘
냉철한 이성의 시베리아
칼바람을 만나자

새우깡으로 사는 도시의
회색빛 비둘기가 아니라
만리 영겁의 밤하늘을 나는
기러기 떼를 만나자

네온등 수은등 모두 꺼 버리고
달빛 별빛으로
마음을 밝히자

눈이 오는 날은 순백의
가슴끼리 부둥켜 안고
뜨거운 눈물을 흘리자.

입추 아침

아 –
오늘부터 가을이란다

어서 일어나란다
흔들어 깨우는 바람의 손놀림

낙엽의 노래같이
별들의 노래같이
노래하며 일어나란다

내 등에 타라 한다
바람가마를 타라 한다

은하수 강물보다 길게
산을 넘는 비단 유리 바람 떼

날 흔들어 깨운다
오늘부터 가을이란다.

북한산의 어느 하루

가랑이 큰 상수리 나무
만도 넘는 가지에 새 손을 펴서
2000년 4월 21일
중랑천 잉어 떼 보듬듯
북한산 삼천리골에 날 뉘어 놓고
허준 선생 혜민서 일 보듯한다

숨은 고르게 쉬는지
맥박도 고른지
팔뚝을 들어 서울생활 건강을 진맥한다

광화문 아황산까스 전광판은
수없이 지나는 차들에
몇일이면 신경이 마비되는지
일본놈들이 하던 생체실험을 하고 있다

빛으로 들어선 거리 광화문
은행나무들은 황달이 난 노랑눈으로
빌딩의 수를 세다가 헷갈리는지
신경질이다
경복궁 나무들은
근엄한 조선의 임금님 헛웃음을

하루종일 대신 웃고 있다
키 큰 나무는 키 작은 나무들을 데리고
충무로로 청계천으로 을지로로
끼니도 거른 채 삼천리 계곡 드나드는데
12시가 지난 한낮
천도 넘는 사람이 내 옆에 누워 있다.

바람의 분노

바람이
울면서 뛰어다닌다
자식 잃은 실성한 미친년이 되어
맨발로 뛰어다닌다

증권시장 객장에 떠도는 출전대기용 돈이
이십조 삼십조 원이 되어도
라면 하나 못 먹는 양강도 좌강도
아이들 생각에 화가 나
강원도 산골 산 속에서
분신자살을 한다.

치마에 불을 당겨
산토끼를 쫓고
산노루를 쫓고
한 이레 주야로 쏘다닌 바람은
온 산을 불태운 불화냥년이 되었다.

신문의 입으로는 천억 불이면
북한을 개발한다는데

창문을 닫고

죽은 바람 마시면서
밤이나 낮이나 게임기에 앉아
게임기가 되어서 게임으로 사는 사람들
게임만 잘하면
돈도 사랑도 행복도 죽음도 만능 자동.

불화냥년을 본 그날
소방 헬리콥터 조종사는
불바람을 보았다 한다
무서워서 가까이 갈 수 없었다 한다.

불바람은 돌았다
돌지 않으면 살 수가 없었다
가슴을 불사르는 혼불

바람은 불기도 하다가
바람은 자기도 한다
한숨 섞은 눈물을 강산에 뿌리고는
다시 꽃을 피우는 바람의 가슴은…….

10월의 바람

바람이
바람을 데불고
화양계곡을 지나
쌍용계곡을 넘는다

조용히 쉴 안식처 없는
속이 빈 떠돌이
산을 넘으면서
나뭇잎 귀에다
무슨 말을 했는지

그만
온 산의 나무가 볼을 붉힌다.

가을 지하철

가을, 늙은 참새 떼가
전철 2호선 객차 빈 좌석에
일열로 쭉 앉는다
전깃줄인 양.

몇몇은 모자를 쓰고
몇몇은 안경을 쓰고
시계 팔찌 반지 귀걸이 주렁주렁
부서지는 웃음소리
검은 굴속을 지나는데

"강남 할망구 화장했다누만."
"꼭 그럴 필요가 있남"
"아니 그게 편하지 뭐"
"어떤 자식들이 꼼꼼히 살펴주겠어?"
"그래 맞아!"

늙은 참새들 입방아에
열차는 한강을 건넌다.

동강의 봄

동강 상류에 사는
열목어, 버들치, 산천어
물어물어 영월 청량포 내려오면서
"심원心園 선생 오셨더냐"
"요즘 무엇 하신다더냐"
그렇게 안부를 물어 쌓더라고
향로봉 지나가는 바람이
바위 틈 진달래
볼 부비다가 내게 전한다.

가을 바람

바람은
가을 바람은
낭만파 자연주의 화가의 붓.

스치면
산과 들 붉노랗다
비단 이불 펴는 나무
비단금침을 준비한다.

바람은
가을 바람은
옷깃, 목까지 세운 철학자
고개 숙이고 상념에 든다.

바람은
낭만파 가을 바람은
갈대꽃 하얀 머리 풀어 헤치고
긴 시간 길목에 서서
슬픈 영혼을 흔들고 있다.

향로봉 산비둘기

북한산 향로봉의
깃 고운 산비둘기
울음도 저와 같이 숲에서 사는가

이 산에서 9·9·9 하면
저 산에서 7 2 9 하네

단풍 고운 향로봉
9·9·9 비둘기
구름 노니는 인수봉
7 2 9 비둘기.

서울의 봄(1998)

IMF 한파 모질어
5월의 아침
서울의 봄은 아직도 차다.

서울역 지하철 노숙자
오리 떼처럼 웅성이고
기침소리 두껍게 덮힌
열熱라면 박스 이불에는
열熱이 없다.

아카시아 향기 밀어내고
최루탄 연기 피우는 4류 정치에
민초의 신음은 콘크리트를 울린다

큰 삽 한 삽
한반도 뚝 떠서
우주밖 어디에 던지지 못함은
달동네 뒷골목
진주보다 귀한 목숨
따문따문 박혀 있어 그렇지.

숲 속의 속삭임

오월의 꽃밤
지키던 바람이
나를 부른다
호젓한 산길로

별빛 잠긴 옹달샘
가슴 적시는 생수 한 그릇

달빛 목욕한 잎새는
도란도란 별밤 이야기

산들바람은 나무와 나무
사랑을 나누어
형제로 살게 한다

둥지에서 새근거리는
애기새들의 숨소리

향기로운 오월의 꽃밤
함께 지새자 조른다.

뭉게구름

뭉게구름
해돋는 동촌
수목 무성한 산자락 근처
천둥 번개
소낙비 퍼붓는다

거북등 목마른 대지
한바탕 와달비에
긴 휘파람 불고

순명으로 살자
웃음으로 살자

뭉게구름은 좋은 친구
고마운 떠돌이.

백화점 꽃씨를 뿌리고

6월 산길
아카시아 꽃잎
떨어지고
밟히고

화장 짙은 마님들
산행山行 행차에

한 살림 꿀벌들
꽃잎 속에 숨어 들고

산으로 가나 강으로 가나
따라오는 계산기소리
백화점 쇼핑, 너무 붐벼 속상해
김씨네 이자돈, 안 들어와 속상해

내년 봄, 온 산에
백화점 꽃씨
이잣돈 꽃씨
전등불 밝히고 피겠네
아카시아 대신 피겠네.

낙엽을 재촉하네

늦가을 비
나무들의 속살
냉소름 돋는다

산등성이
집채 같은 바위
나무들의 목을 누르고

가을은 흰 입김 뿜으며
나무들의
옷을 벗긴다.

벗겨진 옷 한 해의 삶
다가오는 북풍을 어쩌나
서리발 아래 나무들
맨발가락을 어쩌나

회초리 치는 가을비에
목기침하는 나무들.

북한산 산비둘기

노을이 물든다
옹기종기 북한산 산비둘기
공해 대책회의한다

하늘 색깔이 검붉고 속이 메스꺼우면
높은 산 위로 올라 가야 해.
아스팔트 위 팝콘은 먹지마라
암으로 죽게 된다
서울 사람들은
먹는 물에 똥오줌, 독약 섞어 마신단다
개소리 해도 모른 척하고
모르는 사람 따르지 마라, 유괴당한다.

저들이 만든 노을의
핏빛같은 스모그 무섭지 않니

작은 비둘기들은
참 이해가 안 된다는 눈치로
고개 갸우뚱거리며
어미의 다음 애기를 청하고 있다.

지금은 연주 중

눈 내리는 테헤란로 선능역 뒷골목
왜 울고 있나 김 여류시인.

떨어지는 눈물
바람새가 하늘에 흩뿌려
빌딩숲에 내리는 하얀
음표 음표 음표

입가에 닿아서
높은 음계 씨— 음으로 떨다 사라지고
발목에 떨어지며 발— 하고 사라지고
아스팔트위에서는 놈— 하고 길게 운다

이렇게 지천으로 쏟아질 이유가
테헤란로에는 있는가

지금도
계속 연주 중
눈은 내리고
쌓이고.

불타는 한계령

한계령이 불탄다
멀리서도 얼굴이
화끈거린다

모르긴 해도
포도주 잔뜩 먹은 10월의 바람이
제 치맛자락에 불 붙은 것도 모르고
이 산 저 산 건너 뛰고 있나보다.

산불 구경 나온 사람들도
가슴에 불이 붙어
불이야 불이야
환호성 지른다

저녁 바람에도
불은 꺼지지 않고
하늘도 바람도
사랑도 증오도
타고 있는데

탈 줄 모르는
깨진 소주병 하나

비스듬히 개울가에 누워서
섬뜩한 푸른 잇빨을
뽀드득 뽀드득 갈고 있다.

오늘은 죽어도 좋은 날

조병화 선생 시집 50숙宿
혜화동 뻐꾸기 소리 듣다가
향로봉 불광사 쪽
옛절터 잣나무숲 지나는
뻐꾹 뻐꾹 10시 35분
족두리봉 가는 길에
뻐꾹 뻐꾹
힘내라 다시 오마
그래 그래
울지않고는 살 수 없는 사정 무어냐
오늘은 좋은 날
뻐꾸기와 사는 날
나무들 가슴이
푸르고 푸르러
오늘은 죽어도 좋은 날
죽어도 이내 살아날
그래서 좋은 날.

노인바위

높은 산 갈대밭
지나는 구름 그늘

이끼 쓴
노인바위
명주옷 갈아 입고

그 누굴 마중하려고
이마에 손 얹어
해 가리고 섰는가.

구름 호수

밝은 햇살 겹겹
맑은 바람 겹겹
순수로 깊게 푸른
하늘

엷은 도포자락
흰구름 한 점
갑사치마 두른 호수 입에
흰 박하사탕 물리고

산에서 풀려 내리는
참새 떼 실바람
수면 위 미소짓는
깃털 잔물결.

가을 매봉

가을 단풍
이조 때 서오능

입다문
등굽은 노송

칼 찬 매봉
구름 뿌리는(雲根)

만년 흐르는
한강
노을에 물들고.

추국

창공
누가 있다고
하늘만 올려다 보느냐

옥양목 처마저고리 명주 목도리
흰버선 코에 맞게 코고무신 신고
초록 옷고름 바람에 매어 달고

늦가을 햇살
알만한 이 아는
고결한 믿음
깊은 향기
깊은 속내

흙묻은 촌노 마음을
애써 모른 체하느냐.

오대산 단풍

오대산 굽이굽이
잎잎에 물이 들어
녹 · 홍 · 황
모양도 각색이라

하늘호수로 뛰어든 가을산
칠보새 춤추는 나그네

말 없이 누운 듯하더니
언제 이렇게 일어섰나

입입에 다홍잎 사연 물고
가는 길 가로 막는
오대산 단풍.

63빌딩

양평호 흘러온 강물
숨길마저 가쁘구나
피라미 잉어 송어
재잘재잘 나누는 사연 길고
지는 해 노을빛 받아
금부처로 섰구나

찬바람 왔는데
철새는 아니 온다
강물, 파도 어깨
기세마저 등등한데
늦은 밤 누굴 마중 나와
등불 들고 섰는가.

산유가

산까치

하느님의 동네에서
돈 안 되는
풀꽃만 기르다가
인간세상 돈냄새 맡으러 왔느냐
세상 돌아가는 꼬락서니
웃어주려고 왔느냐
가까이 오너라
너와 나 사이
화대받는 사이처럼 그러하기냐
갈 때는 잊지 말고
산노래나 들노래나
한 곡 불러 주고 가거라
다풀다풀 산처녀야.

산유가

산에서 사는
푸른 메아리
산에서 살자하네

골골마다 꽃이 피어
나절로 산에 드니
옷깃 잡는 산바람
산에서 살자하네

내 가슴에 꽃 필 때
제 가슴에도 꽃 피고
내 눈에 눈물 괼 때
산골물도 밤새 흘러
이마에 돋는 땀
가슴에 젖는 눈물
씻어 씻어 가네

산에서 사는 작은 산새
가지 위에 사뿐 앉아
쪼롱 쪼롱 쪼로롱
나도야 산이 좋아
산에서 산다하네.

눈 내리는 도봉산 길

실비 내려 눈 되고
눈, 나무에 앉아
눈꽃을 만드네

하늘 나무 사람
산 같은 침묵

바위 옆
작은 소나무
"심원 선생 보았느냐?"
"……."

까마귀
나는 안다 까욱까욱
큰 소나무
조용히 하라, 던지는
눈팔매.

목화의 노래

산 기슭
이승의 빛살
저승의 빛살
다 쓸어 모아

황톳길
질긴 삶의 악보
영혼에 실어

물레바퀴
돌려 돌려
하얀 노래 뽑는다.

하조대

흰구름
바다 거울 들고
얼굴을 보려 하고

바다는
구름같이
하늘을 날으려다

그 소원
풀지 못해
파도 울음으로
가슴을 친다

철썩
철썩
처얼썩.

매화분을 받고서

춘분절 아침에
친구가 보낸 매화분을 받았다
내 마음의 정원 빈 자리를 알았나

한 운동장에서 종아리 긁힌 아이 적
동심 그려진 편지도 받았다

천지간에 꽃이야 어딘들 없을까마는
청량한 향기가 그리 흔한가

영원히 마르지 않을
그리움 깊은 가슴에 심었다가
잎잎의 이슬 받아
아침 차를 달이리.

아! 금강산

금강산 일만 이천 봉우리
비 방망이 바람 칼로
조각한 이 누군가

극치란 말이
고개 숙여 숨죽이니

아마도
여기 어디에
극락문이 있음이라

삶과 죽음 오가는
여러 평생을
미물도 아는가
이 곳이 그 곳인 줄을.

난향을 맡으며

긴 밤 촛불 켜고 지샌
깊고 가녀린 마음

있는 듯 없는 듯
춤사위로 뿜어내는
Love you & thank you

목덜미 부여 잡고
발꿈치 세워 내민 입맞춤
다시 한 번
Love you & thank you.

겨울비

12월에
내리는 비를
무슨 비라
해야 하나

흰나비 떼로 왔으면
춤을 추며
반길 텐데

와야 할 때
오는 임은
곱기도 하련만

때 몰라
오락가락하면
나는 어쩌나.

홍도

1
거문고 숨죽여
가슴에 젖는 가락

맺혀서 솟았으니
한이런가 흥이런가

울부짖다 어르는
농현의 선율

달빛 타고 바다 위에
휘돌아지는 자락이여.

2
바다에 드리운
수천 길 하늘 자락

일어서 솟았으니
이승인가 저승인가

도원경 꿈속에 들어
예 와서 사는가

청옥 쟁반에 오롯이 솟은
맵시 찬 춤사위.

수련

목욕 마친 선녀
초록 거울 앞에
애돗이

수면 위에
바람이 스친다

밤이면 부끄러워
치마폭 여며 쓰고

햇살 비치면 다시
연지 찍고 피어 나는
분홍 물선녀.

도라지꽃

산골 외딴집
도라지꽃 피었네

초가을 달빛
애잔한 누님꽃으로 피었네

지아비 보내고서
연지분 마다하고
홀로홀로 지내드니

풀벌레 우는 밤
보라빛 스카프 두른
꽃도라지로 춤추네.

백목련

기러기 울며 날던

긴 긴 겨울 밤

선 고운 붓 난을 치던

순백의 님

경칩 지나 개울물 녹으니

혹여 님 오실까

명주옷 일습—襲 갈아 입고

홀연히 섰나.

해당화 옆에서

누이를 잃은 것도 아닌데

내가 어이 눈물인가

바다 바람에 눈이 찔렸나

파도는 출렁이고

수평선 넘어가는 흰 돛배.

산벚나무

멀리서 바라보면
불 밝힌 은하물결

다가서면 결 고운
미소 미소 미소

햇빛 이울고
바람음악 흐르면

왈츠를 추는 군무
흩날리는 꿈 조각들.

은방울꽃

오월 바람 풋바람

산골짝 백합화

아침 이슬로

은종 울리면서

운두령雲頭嶺*넘어 와

누굴 찾아 모올래

입 맞추려 하느냐.

* 운두령 : 강원도 평창군 계방산에 있는 고개 이름.

창가의 난

아침이 열린다
하늘이 열린다

풀잎
무슨 염불의 공으로
고운 영혼을 피워
창가에
고개 내밀고
황홀히
황홀히
아침 햇살에 지저귀는
새소리를 듣는가.

진달래

초경에 놀란 산처녀
춤추는 떨기 떨기

두근두근 아리는 가슴
바람등불 달고서

산새에도 부끄러워
볼 붉히고 피었다.

가을 민들레

봄 여름 다 잃고 때 늦게
시월의 양지쪽에
태양의 꽃 피었다.

소박한 아낙들
언제 꿈꾸었던가
꾸었던들 꽃 피울
그런 날이 있었던가

생애의 뜨락에 내리는
그 햇살이 도타와
시월의 바람, 햇살에
번개같이 꽃을 피우는
날개 꽃씨

소박한 꿈을 익힌다
뿌리가 쌉쓸한 민들레
호박단 저고리 입고
옷소매 접어 말아 붙이고
마지막 꿈을 꾼다.

백합 앞에서

너는 전생에
천상의 학이었다

개똥밭에 굴러도
이승이 좋다고 누가 그러든

흙바람에 헹구어 낸
감성의 순백 앞에서
나 한 걸음도 자유롭지 못하다.

뻐꾸기

앞산 보리 누름에
산뻐꾸기
뻐꾹 뻐꾹

뽕나무 붉은 오디
누가 먹을까
뻐꾹 뻐꾹

청보리도 고개 들고
나 거두어 주세요
뻐꾹 뻐꾹.

윤중로 벚꽃

아침
햇살 비치자
벚꽃 만발해
여의도가 눈부시드니

정오
사람이 만발해
꽃이 사람 구경하네

– 구경이야 뭐 원래
  사람 구경이지

여의도 한량들
입싸움 소리 듣고
배운 게 뭐 있으랴 했더니

곱게도 피었구나
향기로운 꿈.

꽃숨 진 길 걸으며

서오능 뒷산 진달래 능선
젊은 피 진달래꽃
피어서 눈물겹고
떨어져서 서러워라

유관순 꽃숨 진 길 위에
대한독립만세!
터지는 진달래 꽃가슴
4 · 19 열사 꽃숨 진 역사 위에
민주의 깃발 휘날렸다

오늘 진달래꽃 핀 이 길
지나는 나그네들이여
이제 우리는 무슨 깃발 휘날려야 하나.

내 마음의 바다

내 마음의 바다는 자운영 꽃밭
벌 나비 윙윙댄다.

띄우지 못하는 돛배 하나
포구에 매어두고

고향으로 부는 바람
나는 흰 갈매기

밀려갔다 밀려오는 파도
울음 왜 그치지 않는가

씨뿌리는 자만이
거두는 진실

바람부는 언덕에 서면
봄나비 날으는 자운영 꽃밭
송아지 울음소리 들린다.

거북샘 가는 길

서원교 지나 폭포교
폭포교 지나 삼거리교
거북샘 가는 길은 문사동도 지나네

흰 눈 내리는
12월 도봉산길
선계로 접어드는 설원계곡

거북샘 감로수
천년이 얼마인가
시간 밖에 내가 섰네.

5

빗물에 흘러가는 그리움
돌아올 수 없는 강으로 보내야만 하나요
장마 속 종달새처럼
울 수도 없답니다

비의 연가

비의 연가

심원心園
연일 비가 내립니다
그리움은
빗방울보다 많고
빗물보다 많습니다

심원心園
빗물에 흘러가는 그리움
돌아올 수 없는 강으로 보내야만 하나요
장마 속 종달새처럼
울 수도 없습니다

심원心園
가슴에 꽂아준 장미가
무서운 빛깔로 타고 있습니다
며칠을 넘게 내리는 비로도
끌 수가 없습니다

심원心園
이제 밤의 장막이 내려
어두워집니다

살아 있는 것은
그리움의 두 눈동자뿐입니다

심원心園
그리움의 바다에는
모두가 그리운 사람
가슴이 숲이 된
이 사람은 누구인가요.

지난 가을은

지난 가을은 참 행복했다
내 마음의 정원에서 익어가는
감빛 그리움.

살아가는 일상
안부라는 것이 헛인사이기는 하지만
기쁨의 세월이기를 바라는 것이
헛사치인가 뭐.

내 마음의 뜰
빨간 홍시 수줍은 사연
참 기쁜 저녁 노을.

지난 가을은
감빛 그리움
기다리는 재미로
저무는 해를 원망하지 않았다.

그 해 추억

그해
서울의 겨울
민들레 홀씨 쭉정이로 날아가고
그 거리
별 없는 빈 하늘만 휑했다.

다시 봄 돌아와
나직이 불러보는 이름
아직도 따스한 가슴 간직하고 있는지

세월의 추위에 떨었던
잃어버린 시간의 나이테
순간을 소중히 아끼면
과거도 미래도 남의 것

더운 피 흐르는 기억으로
나직이 그 이름 불러본다.

꽃 그림자 드리운 밤

아카시아
꽃 그림자 드리운 밤

하늘에 가득한
음사월 보름 달빛

둥근 달 그림자 뜨는
가슴속 강물

바람도 자는 고원에
이따금 넘어 오는
두견이 울음 소리.

산길을 걷다가

산길을 걷다가
큰 돌 하나 외롭게 서 있길래
작은 돌 하나 개울물에 씻어
옆에 붙여 놓으며
잘 지내라 위로했다.

돌아오는 길에
그들이 부부되어 잘 사는 듯해서
새끼돌 서너 개 더 붙여 놓고
자녀삼아 잘 살라 했더니

산골물은 졸졸졸
산새는 쪼롱 쪼롱 쪼로롱
잎새는 팔랑팔랑 손뼉친다.

파도가 날 부여잡고

파도가 날 부여잡고
춤 한 번 추자 한다

바람따라
물결따라
아무려면 어떠냐 한다

세상이 춤을 추니
우리도 한 번 추자 한다.

덩 더어쿵 덩 더쿵
덩 더어쿵 덩 더쿵.

사랑의 비밀

이순의 고개마루에 서니
전에 보이지 않던 것 보이네

사랑은 노루 같아서
잡으려 하면 산 넘어 달아나고
기다리면 옹달샘가에
노닐고 있네

행복도 사랑 같아서
잡으려하면 달아나고
베풀고 나누면
기쁨 가득 넘치네

사랑은 태양의 눈빛으로 자라는
5월의 들꽃인가.

파라호에서

파라호 수면 위
나비 한 쌍

나뭇잎 띄워 놓고
뱃놀이 한다

날개 세워 돛 만들어
순풍 맞으니

시간이 천지간에서
오고가지 못하네.

「진상*」에 오셔서

여기 오시는 님이시여
이 문간 넘는 순간
우주의 주인공 되소서
뫼시는 이 정성 아소서

백관의 예를 갖추고
나랏님 뫼시듯 고이 맞이하는
박 속 순백의 마음 아소서

하루를 백날같이 준비하여
님께 올리는 한 끼 진지
큰절 올리는
진상의 의미를 아소서

님 가시는 길 큰 인연되어서
꿈 이루시는 큰 정성되어서
다시 백마로 오시는 가인되소서.

* 진상 : 진해시 소재 민속식당 이름.

꽃피는 그 곳을

가까워서 가까우냐
멀리서도 가까우냐

그립다 그리워
그리워서 더욱 그리면

어디가 어디라서
어디가 아니라

꽃피는 그 곳 일러
어디라 해야 하나.

설몽매

내 몸은 한 그루
작은 매화

순백 설원 하늘 나는
흰 나비

꽃눈 눈매마다 나비춤
목 시린 겨울바람
아픔으로 이겨내고

뽀오얀 봄 길
물 길러 일어나는
새벽 여인아!

그 말이 옳아

그래
그 말이 옳아
그 때 그 생각이 진실이야.

사랑이 뭐야
미움이 뭐야
모두가 흐르는 강물

굽이굽이
지난 길은
외길 감성의 흐름

그래그래
그 말이 옳아

미움이 사랑이고
사랑이 미움이야.

에미의 편지

에미는 딸에게 편지를 쓴다
평생에 한 번 쓰는 유서 같은 편지
오 년 후 돌아오리라는 말
몸 아픈 나 못 볼 수도 있잖니
눈물이 글보다 먼저 마음을 전한다

부모에게 자식은 무엇인가
피를 말려 자식 살을 보태고
한숨 삭여 자식 숨을 뛰놀게 하는
에미의 애간장이
모질게 살리라 언약도 한다마는
순명을 모르니 하릴 없구나.

백목련을 꿈속에 보고

백목련 엷은 향기 가슴 스치니
마음은 하얀 그늘에 앉았네
몇 계절 돌아 뜨락을 보니
큰 바위 덮던 나무 그림자 찾을 길 없네

세월 탓이라 어쩔 수 없다마는
영혼 스민 향기 보듬어 아우를 때
강물에 달 비치듯 떠 오르지 않으면
해 없고 달 없는 날을 나는 어쩔꼬.

5월의 꿈

모란의 계절 5월
하이얀 손가락
비취반지 꿈을 꾸었네
시간을 거슬러
나 다시 청년이 되어
과거의 먼 길 떠났네.
오, 떨리는 가슴
밤하늘 날아 은하의 강가
뱃놀이하는 선녀를 보았네
신부가 되겠다고
비취반지 내게 끼워 주었네
은하 기울 때까지
사랑이야기 나누었네
산사의 새벽종이 우네
아쉬운 5월의 밤
나 이제 어찌해야 하나요.

오직 한 사람

세상에 많은 여인 있지만
내 아이 셋 낳아 기르는 여인은
은방울 목소리 굴리는 한 사람뿐이지

세상에 많은 여인 있지만
내 부족함 채우고 아픈 곳 보듬어
바로 서게 한 여인은
포도향 머금은 한 사람뿐이지

물러 서서 그윽히 바라보면
병마와 가난의 긴 세월
흘려 보내는 강물소리
가슴의 시름 쓸어내는
대바람 비질 소리

세상에 많은 여인 있지만
거친 세상 바다에서
스스로를 이기고 오색둥지 일궈온 여인은
가을 햇살같은 한 사람뿐이지.

싸리골 사랑

그리고
꿈에 그리던
초가 한 칸 못 지어
흐르는 강바닥에
조약돌로 남겨진 임
달빛이 자맥질하여
지켜주고 보아주고

세월이 약이련만
물속에서도 약이련가
햇살에 낚시 매어
꽃가마로 건져내어
싸리꽃 산울 둘린
창호에 불 밝히리

비가 오면 비를 맞고
눈이 오면 눈을 맞고
해와 달과 뭇별 가둬
흐렸다 개는 틈에
텃밭을 가꿔 놓고
씨뿌리며 살고지고
씨뿌리며 살고지고.

한 송이 장미

나의 이름을 아시나요
나의 넋은요

어쩌나
첫사랑 키스 들켜 버린
정열의 입술

나는 그대의 심장 안에 숨어
나는 그대 그리움에 불타고
나는 그대의 뜨거운 눈물 속에서 피네요

나는 그대의 무엇인가요?

고향생각

내가 흘린
고향생각
바람새가 물어다가
뒷동산 산자락
양지녘에 뿌렸네

그 씨앗 잘 자라
달빛 사랑 박꽃으로 피었네

고향 그리운 귀뚜라미
달밤 내내 울고
박꽃 속에 잠든 둥근 달
우유빛 박덩이로 열렸네.

함안 순이야

아라가야 빛난 역사 달빛 잠든 고도
여항산 감꽃향기 사랑이 피고
꽃목걸이 걸어주며 맺었던 언약
순이야 잊었느냐
꽃처럼 수줍은 아, 아, 함안 순이야

남강도 굽이굽이 꿈꾸는 악양루
너와 나 사랑 실은 뱃놀이
강물 위에 띄웠던 푸른 소원
순이야 잊었느냐
아직도 그리운 아, 아, 함안 순이야

이상대 구름바위 별빛도 찬란하다
황금 들녘 사랑이 익을 때
별빛 젖어 꿈꾸던 행복
순이야 잊었느냐
빛으로 번지는 아, 아, 함안 순이야

삼봉산 쉬어 넘는 둥실둥실 뭉게구름
고속도로 차량행렬 금의환향 우리의 꿈
순이야 너 아느냐
무지개빛 행복한 아, 아, 함안 순이야.

사랑 이야기

맨 처음
당신을 사랑한 건
외로웠기 때문

시간이 흐를수록
그래도 사랑한 건
정이 깊어졌기 때문

이제토록
당신을 사랑하는 건
사랑의 열매 익어가기 때문

당신을 보내고도
당신을 사랑하는 건
내가 당신을 사랑한다는 깨달음 때문.

커피숍 팔손이

팔손이야 팔손이야
너나 나나 희미한 불빛아래서
이제는 많이나 익숙해졌구나
매캐한 느낌의 문명사회

우리들은 부자연한 곳으로 이끌리지만
단 하나의 장점은 스키를 타는 죽음의 길
죽음이 죽음을 이끌고 가는 길에
스피드를 더 하니
삶이 아이러니하지 않겠니

너희들에게 고마워하는 것은
푸른 현명함이야
측은한 팔손이, 그렇지?

그리고 우리들은
인내하면서 환경을 극복하는
큰 지혜가 있지, 그렇지?
그래서 신성한 생명이지.

노래하는 파랑새

아침에 들려오는 파랑새 소리는
고운 햇살 받아 우는 나뭇잎 노래요
해질녘 들려오는 파랑새 소리는
명주달빛 받아 우는 속삭임의 노래지요

파랑 파랑 날개옷
꿈꾸는 파랑새는
푸른 꿈 먹고 사는
외짝 파랑새

때따라 철따라
노래로 밥을 짓는
풀색 파랑새.

사랑과 미움

사랑 속에는 미움이 숨어 산다.
미움이 밖으로 외출하면
사랑이 미움 속으로 들어간다.

서로 서로는 눈치보며 빗대며
휴식과 외출을 교대해
마찰 없이 살아간다.

본시 이들 습성이
사랑은 끌어 안고
미움은 발길질 하지만

사랑은 앞으로 끌어 안고
미움은 돌아서서 끌어 안는다.

아기사슴

아이를 잉태할 수 없는 나는
늘 걱정하며 기원한다.
내 안에 살고 있는
허약한 아기사슴 한 마리를 위하여

우주의 빛살을 삼키는 빛
가슴은 진달래 불빛
안과 밖이 없는
추운 겨울을 이겨 낸 걸음걸이

내 가슴이 더워지면
잉태의 달 수가 차서
모성의 날개쭉지를 하고
꿈꾸던 광야를 질주할 수 있을 테지

삶의 순간에 마주치는 빛
나의 다른 나를 바라보는 애잔한 시선
순하고 연한 가슴끼리
핏줄을 연결하고 온도를 맞추고
쉼없이 자립의 꿈을 키워가자
아기사슴아.

화개 춘몽

얼음장 밑 은어들 넘나들 듯
언 하늘 아래 내 마음 거닐어
오늘은 청학동 지나 불일폭포로 내려오네

모두들 옷을 벗고 서있는 나무들
생사의 심판을 받아
살아 남은 자들만의 향연이
곧 펼쳐지겠지

사람도 그리하여
살아 남은 자들만이
새봄의 생명들과 인사를 나누지

금년 봄 개인 날 많으면
석문 난간에 기대서서
산까치 기별을 전해 듣는
다향 가슴에 밴 진달래를
만나 볼 수 있을른지

입춘 무렵
푸른 창공을 향해
그날이 오기를 기다리네.

활짝 핀 진달래 꽃다발
가슴에 안고저.

나비춤

은빛 부채질
금빛 부채질
잠든 우주를 깨운다

적막 푸른 누리
나른한 오후
느린 날개깃으로
우주의 숨소리 가늠하더니

날으는 하늘꽃잎 노랑나비는
수줍은 배추장다리 노랑 꽃밭에
혀끝 말은 가녀린 긴 빨대로
생식샘 깊이 고인
향기로운 꿀 빨다가

나비 한 쌍 춤추며 공중 오르네
부채춤 훨훨 하늘 오르네

꼬리에 꼬리를 물고
입에 입물고
둥둥 두둥둥 공중 오르네
부채춤 훨훨 하늘 오르네

하늘이 기울어 땅으로
땅이 하늘로
하늘이 땅
땅 하늘
하 따

나비 한 쌍 춤추며 공중 오르네
부채춤 훨훨 하늘 오르네

놀란 바람도
나뭇잎 붙들고 오르가즘하며

나무가지 훨훨
나비춤 추네
나비따라 훨훨 공중 오르네.

사과를 깨물면서

지금 여기는 영원
순간이 영원인 곳에서
너와 나는 물 입자로
지구 2002년 가을
한 알 둥근 사과
세포 물질 안에서
제한을 경험한다
신맛의 나와
단맛의 너
기쁘고 즐거운 지고지성
두려움을 잃어버린
순수 영성의 시간이다
과육이 풀리면
순수의 빛으로 돌아간다
생명의 강으로 흘러간다.

홀인

사람이나
하늘이나
아스라한 숲 속
현묘玄妙의 자리에 묘혈墓穴을 두고

몇 년을
몇십 년을
마음을 모으고 육체를 단련한다

젊은이나
늙은이나
끝이 둥글고 힘을 잘 받는
긴 작대기 하나 휘둘러
하얀 욕망의 씨앗 하나
씨 입에 잘 넣어볼 도리를 찾는다

단번에
두세 번에
억만 세포가 불 밝힐 폭죽爆竹 꿈꾼다

그린 위에서는
욕망을 버려야 한다는데

번번히 솟구치는 힘 땜에
현묘의 종소리
그 시기를 놓치고 만다니까.

매화설梅花雪

경칩절에
청랭한 매화설이
천지에 분분하여 아득하여라

나라가 썩어
대책없어 하는데
사람마저 썩어
절래절래 고개 저어 아니라 하는데

하늘은 무슨 일로
활짝 핀 춘삼월 매화를
가지채 꺾고 꺾어
이 고랑에 첩첩이 쌓이게 하는가

모두들
입을 모아
백 년 인연이라 하더이다

아마도
홍익인간 제세이화로 살라는
단군 할아버지 당부 말씀이
하이얀 도포자락
매화설로 쏟아지나

작품해설

'심원', 원숙한 목소리로 열창

– 조봉제 시집 《하얀 시간》에 부쳐

윤병로

문학박사 · 문학평론가 · 성균관대 명예교수

'심원', 원숙한 목소리의 열창
- 조봉제 시집《하얀 시간》에 부쳐

윤병로 | 문학박사 · 문학평론가 · 성균관대 명예교수

심원心園 조봉제 시인의 시집《하얀 시간》이 한여름을 넘기고 상쾌한 청풍으로 들녘의 곡식이 영그는 계절에 상 재하게 되었다.

'바람신'이 들린 '서늘한 바람사람'이라고 자처하는 조봉제 시인이 근 40년 동안 침묵의 시작詩作 생활을 홀연 히 접고 새롭게 재생하는 심회로 시집《하얀 시간》을 엮 어 내었다. 조 시인은 이미 63년에《용설란》과 64년에《무 변》이란 2권의 시집을 내놓고 '맨몸으로 가출하면서 모 두 바람에 날려보냈다'는 안아무 시인의 말에서 그의 오 랜 시력詩歷을 헤아리게 된다. 그리고 조봉제 시인의 아호 심원心園에 대한 풀이에서 그의 아름다운 시혼詩魂을 일깨 우게 한다.

그의 아호 심원心園에서 보듯이 철저한 무소유 정신으로 한 평의 땅, 한 평의 집도 소유하지 않았다. 땅은 모든 생명 있는 것들의 공유公有 터전이므로 사랑하되 소유하지 않고, 늘상 꽃 피고 새 우는 울타리 없는 마음의 정원만을 가꾸고 산다는 것이 그의 철학이다.

- 시인 안아무의 〈심원 조봉제의 시집 상재에 부쳐〉 중에서

이렇게 심원의 갸륵한 시정신을 대변하면서 조 시인은 '햇빛, 바람, 물, 흙, 그리고 모든 생명 있는 것들에게 애정과 사랑, 감사를 보내며 산다'고 찬양하고 있다. 대자연에 대해 동경과 사랑이 누구보다도 충만해서 감사의 염원으로 분출되는 시편들이기에 값진 소산으로 여겨진다.

이번 시집 《하얀 시간》은 은유적 표제이다. '하얀 시간'이란 우리의 삶에서 '맑은 물, 맑은 바람처럼 순수 흐름으로 지나간다'는 조 시인의 풀이를 크게 되새기게 한다. 서장 〈하얀 시간〉을 비롯, 전 5장으로 짜여진 시집에는 다양한 색채와 무늬의 목소리로 읊어진 많은 시편들로 꽉 차 있다.

이제 조봉제 시인의 시집 《하얀 시간》의 시세계의 현장을 독자와 함께 답사하면서 그 아름다운 시향詩香에 흠뻑 젖게 될 것이다.

가장 먼저 이번 시집의 표제시 〈하얀 시간〉을 접하면서 조 시인의 허심탄회한 시심詩心을 감지하게 된다. '하얀 시간을 걷는다'는 서두에서 펼쳐지는 자연의 찬가는 차분한 시상을 담아 내어 각별히 돋보인다고 하겠다.

바람 부는 공간
엎드려 말이 없는 생명들과
절대자유의
시간을 갖는다

이 순간, 순수감성의
절대가치는
하얀 영원의 길로 이어진다.

― 〈하얀 시간〉의 일부

  이렇듯 '하얀 시간'의 영원성을 감명 깊게 피력한 조 시인은 다시 시, 〈물처럼 바람처럼〉에서 그의 특유한 자연관을 서정적 가락으로 담아 내고 있다. "소리 없이 냄새 없이/ 빛깔 없이 맛없이// 빈자리 마른자리/ 스며들고 찾아들고// 물은 바람처럼/ 바람은 물처럼// 속없이/ 쓸개 없이/ 피도 되고 숨도 되고."
  시인과 자연이 물아일체物我一體의 화합으로 '조용한 바람사람'의 이미지를 유감없이 드러내고 있다.
  철저한 무소유의 시인 심원의 참다운 속내를 읊은 〈내 마음의 정원〉 시리즈 3편은 각별한 감동으로 음미하게 된다.

마음의 정원에
오직 있다면 그것은
비와 바람과 햇빛이 내리고
별들이 낮게 들려 주는
흙과 생명의 노래
Love you & thank you

― 〈마음의 정원 · 1〉의 일부

마음의 정원에는

산과 들과 바다가 아우른
하늘을 닮은 잔디광장이 있다
시인, 농부, 하늘, 땅
자연스럽게 어우러져 사는
휴식공간이 있다

- 〈마음의 정원 · 2〉의 일부

'생명의 노래'의 참뜻은 다름 아닌 '사랑'과 '감사'로
가창된다. 그리고 '내 마음의 정원'에서는 모든 사람과
천지가 자연스럽게 어울려 사는 '휴식공간'을 열망하는
목소리가 찡한 울림으로 다가온다.
  다시 시 〈마음의 정원 · 3〉에서는 춘하추동의 사계四季
를 서정적 화음으로 읊어서 특이한 정취를 환기시키고 있
다. 시인의 섬세한 감성으로 시적 이미지가 낭만적 가락
으로 재현되어 감동을 자극한다.

마음의 봄 정원은
얼음장 밑 돌돌돌 은종소리에
산수유가 잠을 깬다

- 〈봄〉편의 일부

시인과 농부는 모깃불 연기 타고
은하수 뱃놀이 간다

- 〈여름〉편의 일부

바람을 안고

빛을 타고 떠나는
청자빛 하늘을 여는
우주의 통로다

― 〈가을〉편의 일부

마음의 겨울 정원은
첫눈 내리는 소녀의 꿈.
― 중 략
선 채로 돌이 되어 구도의 빛을 찾는
침묵의 도장이다.

― 〈겨울〉편의 일부

　이렇듯 아름답게 정제된 시어로 변화무쌍한 사계의 정
취를 상징적으로 담아내어 각별한 정감을 유발케 하고 있
다. 또 조 시인의 풍요한 시상을 감지하게 하는 시편으로
꼽게 된다.

　조봉제 시인의 시세계는 그의 삶과 긴밀히 관련되면서
폭넓은 경륜에서 숙성된 소중한 체험들이 시화詩化되어
크게 주목된다.
　사람과 사람의 끈끈한 ‘인연’은 과연 어떻게 이어지고
서로 고락을 나누면서 ‘동행’하는가를 진솔하게 털어놓
고 있는 시 〈인연〉을 감명 깊게 음미하게 된다.

　내가 앞으로 가면 너는 뒤로 가고
　내가 뒤로 가면 너는 앞으로 간다

195

　－ 2연 생략
그래도 사랑으로 만나는 것을 보면
좋아서 조화가 아니라
조화로 좋아지는 건가

한마음으로 만나
용서 비는 손짓
손뼉 치는 축하
좋은 일 서로 돕고
아픔 담아 주는
절대존재의 동행

－〈인연〉의 일부

　이 시편에서 '인연'의 이미지는 여러 모로 크게 확산되어 우리 가슴에 파장을 일으킨다. 분단된 동족에서부터, 형제자매, 부부의 '절대존재의 동행'을 크게 찬양하는 목소리가 메아리친다.
　다음 장시 〈낙엽의 노래〉에서는 '심원'을 향한 간절한 바램과 애절한 외침이 우리들 가슴을 크게 흔든다. 전4부로 이어지는 〈낙엽의 소리〉는 실로 아름다운 오케스트라의 화음을 연상케 하는 잔잔한 감동의 여운을 남겨준다.

심원心園
낙엽들의 소리 들으러
저기 저 산으로 갑시다.
소나무, 자작나무, 상수리나무, 떡갈나무

단풍나무, 그리고, 그리고……
이들이 모여서 펼치는
늦가을 음악 캠프
밤마다 별들이 내려와 관람한다는
저기 저 숲 속으로 갑시다
세간의 모든 것 벗어 던지고
맨몸, 맨발로 걸어 갑시다.

– 〈제1부〉의 일부

황혼이 지네요
바람이 소소히 이네요
낙엽들은 다시 한 번 합창으로
황혼의 부르스를 부르며
한 잎 또 한 잎 마지막 잎새가 지네요

– 〈제4부〉의 일부

　이렇듯 숲의 낙엽소리를 '늦가을 음악 캠프'로 비유해
서 아름다운 교향곡을 읊어 내고 있는 〈낙엽의 소리〉는
한 폭의 동양화를 연상케 하는 감동이 있다. 이 시편의 종
구에서 심원은 애잔한 목소리로 호소한다. "손을 꼭 잡아
주세요/ 떨고 있는 마음까지도 잡아주세요"라고.
　노년에 접어든 시인, 심원의 원숙한 목소리는 우리들
가슴을 크게 흔들거니와, 그의 시각은 결코 자연에만 머
물지 않고 혼잡한 도시의 현장을 깊이 꿰뚫어 응시한다.
　도시에 넘쳐 부유하는 노년들의 생생한 삶의 모습을 풍
유적으로 담아 낸 시, 〈가을 지하철〉을 흥미롭게 읽게 된

다.

> 가을 늙은 참새 떼가
> 전철 2호선 객차 빈 좌석에
> 일렬로 쭉 앉는다
> 전기줄인 양.
> ― 2연 생략
> 늙은 참새들 입방아에
> 열차는 한강을 건넌다.
>
> ― 〈가을 지하철〉의 일부

　심원의 노경의 시상은 종횡으로 확산되어 특유한 가락의 음향으로 읊어지고 있다. 그 대표적 시편 〈목화의 노래〉에 귀를 기울여 본다. "황톳길/ 질긴 삶의 악보/ 영혼에 실어// 물레바퀴/ 돌려 돌려/ 하얀 노래 뽑는다." ― 결코 단순치 않은 상징적 시상에 감복하면서 음미하게 될 것이다.

　다음에 기행시, 〈아! 금강산〉을 신선한 감흥으로 만나게 된다. 우리의 최고 명산 금강산의 절경을 찬탄하는 목소리가 경이로운 시어로 응축되어 인상적이다. "금강산 일만 이천 봉우리/ 비 방망이 바람 칼로/ 조각한 이 누군가." 극치의 경관 금강산에 대한 숙연한 찬가로 받아진다.

　조 시인의 심상은 온갖 빛깔과 향기를 풍기면서 변용되고 있는 셈인데 절절한 그리움을 비감으로 읊은 〈비의 연가〉를 놓칠 수 없다. '심원'에게 띄우는 애절한 연가는 단아한 곡조로 우리 가슴에 스며든다.

심원心園
연일 비가 내립니다.
그리움은
빗방울보다 많고
빗물보다 많습니다

심원心園
빗물에 흘러가는 그리움
돌아올 수 없는 강으로 보내야만 하나요
장마 속 종달새처럼
울 수도 없습니다

— 〈비의 연가〉의 일부

이렇듯 애조 어린 엘레지를 노래하고 있는 시인은 '가슴이 숲이 된/ 이 사람은 누구인가요'라고 되묻고 있다. 찡한 울림으로 우리 가슴에 메아리친다.

다시 조 시인은 우리의 일상에서 겪는 애증愛憎의 갈등을 한 편의 단아한 시편으로 담아내고 있다.

그래
그말이 옳아
그때 그 생각이 진실이야.

사랑이 뭐야
미움이 뭐야
모두가 흐르는 강물

－ 2연 생략

미움이 사랑이고

사랑이 미움이야

－ 〈그말이 옳아〉의 일부

이렇게 애증의 갈등을 '흐르는 강물'로 화답했던 조 시인은 이 시집의 끝머리에 이르러 아내에 대한 연가 〈오직 한 사람〉을 열창한다. "세상에 많은 여인 있지만/ 거친 세상 바다에서/ 스스로를 이기고 오색둥지 일궈온 여인은/ 가을 햇살같은 한 사람뿐이지." － 세상 많은 여인 중에서 오직 '한 사람뿐이지'를 힘주어 되외운다. 참으로 가상한 연가로 공명된다고 하겠다.

이제 심원 조봉제 시인의 시집 《하얀 시간》의 시동산을 두루 살피면서 홍겨운 산책을 마친 셈이다. 상쾌한 청풍의 시향에 흠뻑 젖어 든 느낌이었다고 할 것이다.

그의 빛나는 시혼을 일구어 낸 '마음의 정원'을 아름다운 시편으로 가꾸어 내고 있음을 감동 깊게 확인하는 기쁨을 피력한다.

시인의 시세계가 이번 시집을 계기로 크게 확산될 것으로 기대한다.